SOBRE EL AUTOR

Joseph Avski se graduó como físico en la Universidad de Antioquia con una tesis sobre ruido cuántico. Sus cuentos han aparecido en las antologías *A palabra limpia* (Uruguay, 2008) y *Antología del cuento corto del Caribe colombiano* (Colombia, 2009), y en otros medios impresos de países como México, EEUU, España, Colombia, Chile y Argentina. Con *El corazón del escorpión* ganó la IX edición del Concurso Nacional de Novela de la Cámara de Comercio de Medellín. En 2010, *El libro de los infiernos* fue finalista en la Bienal de Novela "José Eustasio Rivera". Avski cursó una maestría en creación literaria en la Universidad de Texas, en El Paso, que finalizó en 2009. Actualmente adelanta un doctorado en Estudios Hispánicos en la Universidad de Texas A&M y es columnista de *Termómetro Político*.

Joseph Avski

El libro de los infiernos

**Narrativa
Latinoamericana**

Diseño de la colección: Albán Aira

Portada: Diseño ©Kim Strong, *Hércules y Cerbero*

Primera edición: Noviembre 2012

© José Palacios, 2012

© EDITORIAL PAROXISMO, 2012

www.editorial-paroxismo.com

Mexico	USA
Manuel Carpio 70	603 ½ Dixie Trail
Santa María la Ribera	Raleigh, North Carolina
México, D.F., 06400	27607

ISBN: 0615667201

Library of Congress Control Number: 2012952814

Impreso en Estados Unidos de América

Lasciate ogne speranza, voi ch'intrate

Dante

Capítulo i:
Diario de la ciudad de Dite

Salgo a caminar por la ciudad de Dite.

Hace años que no hay día.

Sólo frío. Sólo deformidad.

Los Cerberos perturban la oscuridad con sus tufos de cazadores.

En la esquina de la calle que da a la muralla hay una librería de viejo. Entro.

Es un buen lugar para empezar una narración acerca de un escritor.

Decido comprar un ejemplar de *De civitate Deo* de San Agustín de 1942, quizá la última editada en latín; y un diario sin ninguna referencia visible sobre su autor.

El diario está escrito a máquina, excepto por su última página que delata una caligrafía apresurada y nerviosa. La encuadernación artesanal es burda pero resistente. Las hojas están sujetas con goma y cosidas a una pasta de cuero sin ninguna seña particular. Las páginas interiores, escritas en primera persona, presentan tachaduras y es evidente que algunas fueron arrancadas.

Vuelvo a casa.

Las calles están salpicadas de légamo de azufre mezclado con nieve.

Sacudo mis botas. Tienen algún tipo de mancha. No recuerdo su origen.

He fumado en el camino.

He tomado el tren.

He caminado.

He sido otro. Algo como una culpa me ha atacado.

He visto la degradación y la deformidad en todos los que me rodean.

He soportado frío.

Al entrar a casa dejo las botas cerca a la puerta. Recuerdo el origen de las manchas: es sangre, una marca indeleble.

Preparo un café.

Me siento junto a la ventana.

Leo.

La Ciudad de Dios.

Libro octavo.

Capítulo xiv.

Las almas racionales se dividen en tres: las divinas, las demoníacas y las humanas. En ese mismo orden habitan la creación. Las divinas en los cielos, las demoníacas (o las de los demonios alados) en el aire, y las humanas en la tierra. También en el mismo orden están repartidos los méritos de los tres tipos de almas racionales. Las almas divinas gozan de la liviandad y la inmortalidad. Las humanas sufren la depravación de la carne y el deseo. Los demonios, situados en medio, participan con los dioses de la inmortalidad y con los humanos de las pasiones, son por tanto proclives al juego y a los engaños de la poesía.

He sido otro. Llevo cicatrices de heridas que no he recibido; encuentro mis huellas en lugares en los que no he estado.

Salgo a caminar. Pienso en mi historia. Será la historia de una traición. Será la historia de un canalla. Un hombre de Dite.

Hace frío. Hay nieve derritiéndose. Pantano. Gente en el piso, agazapada en los rincones. Hace años que el sol no cae sobre las calles. Antes se agotaba en los edificios, ahora se agota en los círculos superiores del infierno.

Entro a un lugar. Pido algo caliente. Un café.

El lugar es cálido pero el frío aferrado a mis botas no se va.

Lleva años.

Pienso en mi personaje. Vivirá en esta misma ciudad. Sentirá el frío atacándolo por los pies. Verá gente como cadáveres ocultos en las geometrías de los edificios.

Salgo del lugar.

Fumo.

Preparo un café.

Me siento junto a la ventana.

Enciendo un cigarro.

Diario, páginas 1 a 68.

Como todos los diarios, éste está escrito en primera persona.

Son los días anteriores a la guerra.

Resumo lo leído: El narrador vivía hospedado en casa de su mejor amigo, Abel, mientras esperaba una oportunidad para encontrar su propio lugar. Abel era de una familia adinerada. Había heredado algunos negocios que le permitían vivir bien, y cubrir los gastos de su amigo por un tiempo.

Salen juntos: a beber, a fumar, a buscar mujeres. Vuelven en la madrugada cada uno con una compañera, las aman, las inter- cambian.

Van a cines, a museos, a bares, a cafés, a restaurantes, a casas de amigos, a bibliotecas, al puerto, a la muralla, al mirador, a lupanares. Conocen gente. Hablan. Intercambian ideas. Predicen el futuro, predicen el pasado, predicen el presente. Mienten. Sonríen. Discuten.

Soportan las calles contaminadas de frío.

Soportan la vida contaminada de humo.

Se enamoran de la misma mujer y ambos son despreciados.

Se enamoran de mujeres distintas y ambos son despreciados.

Hacen planes para hacer dinero.

Hacen planes para gastar dinero.

Otra mujer entra en escena.

Café.

Me siento junto a la ventana.

Cigarro.

La Ciudad de Dios.

Libro primero.

Capítulo v

Dice San Agustín que de esta manera se dirigió Julio César al Senado, referente a cómo deben actuar los vencedores de una guerra en las ciudades conquistadas: «Es ordinario en la guerra el forzar las doncellas, robar los muchachos, arrancar los tiernos hijos de los pechos de sus madres, ser violentadas las casadas y madres de familia, y practicar todo cuanto se le antoja a la insolencia de los vencedores; saquear los templos y casas, llevándolo todo a sangre y fuego, y, finalmente, ver las calles, las plazas... todo lleno de armas, cuerpos muertos, sangre vertida, confusión y lamentos».

Será la historia de dos amigos. Habitarán los nadires, se irán de putas, se irán de tragos. Vivirán como buscando algo pero no sabrán qué buscan. Se perderán en los dédalos de las calles legaminosas, en la vida yerma.

El frío de las calles ha cedido.

No hay nieve.

Recuerdo haber recorrido estas calles siendo otro.

Desconocidos me saludan. Me hablan de momentos juntos, yo los recuerdo bien. Es gente de otra época, días antes de que la ciudad se llenara de engendros, días antes de la guerra.

Preparo un café.

Me siento junto a la ventana.

La Ciudad de Dios.

Libro décimo cuarto.

Capítulo iii.

No es el cuerpo la causa del pecado. El cuerpo no es desdeñable. Nuestra morada es la mansión celestial que Dios nos ha construido y a ella queremos llegar con nuestro cuerpo. Queremos llegar con él a la inmortalidad. Es lo corruptible del cuerpo lo que nos ahoga, es de eso de lo que queremos desprendernos.

Virgilio creía que todas las almas descienden de la divinidad y que en su interior guardan el fuego divino y es el cuerpo quien las perturba y las degrada. Creía que de la carne es de donde provienen las cuatro perturbaciones del alma: el temor, el deseo, la alegría y la tristeza. Aprendo que no es así para San Agustín, que, para él, es un alma depravada la que conduce un cuerpo a la perdición y al vicio.

Entiendo que de ser la carne la única culpable de nuestra afición al vicio, no sería entonces el demonio provocador de este gusto, por ser el demonio de naturaleza incorpórea, de suerte que sólo a través del alma puede el demonio tentarnos al vicio y al pecado.

San Agustín nunca pisó las calles de su ciudad con las botas manchadas de sangre. Mi personaje es un hombre de Dite. Mi personaje lo hizo o lo hará.

Dite es la ciudad de los traidores:

> *onde nel cerchio minore, ov'è 'l punto*
> *de l'universo in su che Dite siede,*
> *qualunque trade in etterno è consun-*
> *to.[1]*

Aquí vivimos.

Por la calle ha pasado un Cerbero. Busca carne humana.

Es posible que alguna vez haya sido humano.

Me sirvo un trago.

Corro la cortina.

Enciendo un cigarro.

Diario, páginas 69 a 121.

Un nuevo personaje es dibujado en el diario: Laura.

---

[1] *y así en el círculo menor, donde está el centro / del universo, sobre el que se asienta Dite, / todo traidor*

Ella se muda un día con Abel, viven los tres. La casa cambia. Todo está en orden, está limpio; los muebles cambian de disposición; las paredes se llenan de luz.

La vida sigue.

Vuelven a los bares, a los cines, a los museos, a la escollera, a la muralla. A veces los tres, a veces Laura y Abel.

Un día camina desnuda a la cocina después de hacer el amor, y vuelve con un vaso con agua.

Un domingo a mediodía se baña con Abel sin cerrar la puerta del baño.

Una tarde entra a casa con la *Divina Comedia* ilustrada por Doré, y se la regala al narrador.

Hace un café exquisito. Nunca llora.

Estalla la guerra.

Un sorbo de café.

Hace años no entra luz por esta ventana.

Una calada al cigarro.

La Ciudad de Dios.

Libro primero.

Capítulo vii

Lo acaecido en Roma: efusión de sangre, ruina de edificios, robos, incendios, lamentos y aflicción, procedió del estilo ordinario de la guerra, explica San Agustín. Sin embargo, la actitud benigna por parte de los invasores, la posibilidad para los vencidos de resguardarse en los templos y así evitar ser tomados como esclavos, o asesinados, fue un regalo de Cristo.

Voy al muelle.

Fumo.

El agua se mueve y levanta un olor pestilente. Un hombre cubierto de escamas intenta ponerse de pie pero perdió la habilidad de caminar.

Mi personaje vino aquí, antes que yo. Fumó. Caminó por toda la zona del puerto, y más allá hasta la muralla.

Maldijo con envidia.

Presintió la deformidad en su interior.

Eran los días antes de la guerra, cuando Dite era una ciudad de hombres.

Aún no era el infierno.

Aún no se llenaba de engendros.

Aún no se manchaban mis botas.

Me sirvo un trago.

Me siento junto a la ventana.

Enciendo un cigarro.

Diario, páginas desde la 122 hasta la penúltima.

Disfruto mucho más las páginas dedicadas a la guerra que de las anteriores. Disfruto el dolor, la angustia, el hastío.

Leo la narración de la primera vez que el autor mató a alguien. La agitación, la impresión, la ausencia de culpa. Está claro en mi memoria.

Abel repite que Laura lo espera.

La guerra no se detiene.

La vida dilapidada en horas y días de espera. El tedio, el ostracismo. La vida comprimida en segundos de batalla. La adrenalina, la vida palpitante, la muerte palpitante.

Leo sobre la ocasión en que su amigo Abel le salvó la vida. La vez que ambos desearon perderla. Los recuerdos de los días anteriores a la guerra. El sonido de la metralla. Los gritos. La trágica muerte de Abel.

Café.

Me siento junto a la ventana.

Cigarro.

La Ciudad de Dios.

Libro decimoquinto.

Capítulo i

Aprendo que existen dos tipos de hombres. Uno representado por Caín y otro representado por Abel. Caín pertenece a la ciudad de los hombres, mientras Abel pertenece a la ciudad de Dios.

Al haber nacido primero Caín que Abel, deduce San Agustín que todo hombre es malo al momento de su nacimiento. Es lo que llamamos el pecado original. Primero se presenta lo animal y después lo espiritual, porque de la misma masa malsana de la que Dios hizo a Caín, hizo después a Abel.

De donde se aprende que no todo hombre que fue malo será bueno, pero todo hombre que es bueno nació malo.

Me siento frente a la cuartilla en blanco. Pienso en mi historia. Será la historia de una traición. Será la historia de un canalla. Será una historia de guerra. Tendrá el traqueteo de la metralla, el trueno de las explosiones, la angustia de los moribundos. Habrá sangre, dolor, cobardía.

No todo hombre malo será bueno. Todo hombre bueno fue malo.

No es así en Dite.

Todo hombre malo será malo y todo hombre bueno será malo.

Es el frío, la ausencia de sol. El olor malsano del océano podrido.

Todo hombre de Dite será deforme.

Mi deformidad no será revelada más que por la escritura de mi mano.

La oscuridad entra por la ventana.

Varios tragos.

Varios cigarros.

Diario, última página (escrita a mano).

Leo la descripción de la muerte de Abel, escrita de mi puño y letra. La angustia de perder la batalla, la desazón, la desesperanza. Todo está claro en mi memoria. Vi a un enemigo al alcance de mi arma, apunté, vi a Laura desnuda caminando hacia la cocina, y en el momento del disparo decidí torcer la mira hacia Abel.

Su sangre cayendo sobre mi bota. Una marca indeleble.

Capítulo ii:
Historia de San

Primero, el lugar:

Dite.

La sin razón, la desesperanza.

La lluvia constante y el légamo de azufre.

Empecemos con San:

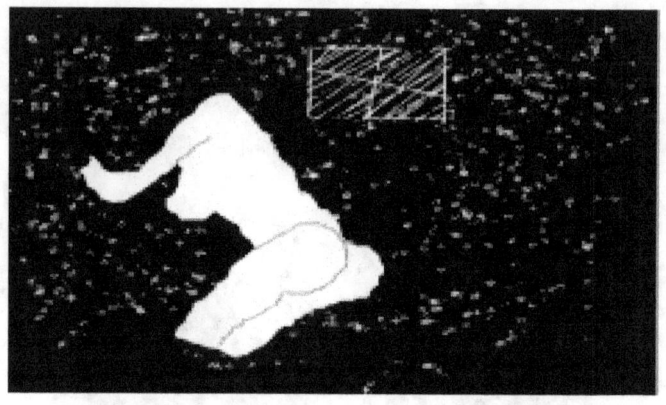

San es prostituta. Recibe gente adinerada.
Nunca llora.

Nunca dice palabras cariñosas.

Empezó trabajando en el bar La Sierpe,
un lupanar en el círculo central.

Juntó dinero, y se mudó a la suite de un
hotel en el séptimo círculo, en la región reser-
vada para los violentos contra sí mismos.

Allí comienza esta historia. Desde luego
los personajes no saben que la historia comienza aquí. Para algunos comenzó antes,
para otros comenzará después. De cualquier

manera para nosotros esto no es más que una obra de ficción. Para ellos esto es su vida.

Los políticos frecuentaban a San desde sus días en el bar La Sierpe, y son sus mejores clientes en la suite del hotel.

Para ella son cuatro viejos feos que pagan mejor que los demás.

Todos le han pedido que deje la vida que lleva para vivir con ellos. Le ofrecen casa, una entrada mensual, servidumbre.

Ella no acepta.

Los políticos le compran joyas, le ofrecen vestidos, la llevan de vacaciones.

Eso lo acepta.

El senador es enemigo del concejal, porque le negó el voto para un proyecto en el que iba a obtener grandes ganancias.

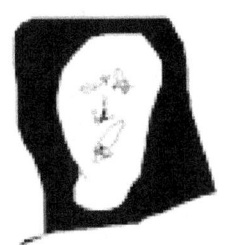
Senador

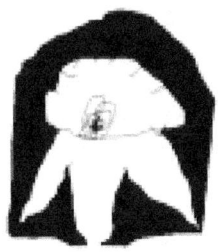
Concejal

28

El ministro ha pensado en matarlos a ambos pero nunca ha encontrado el momento adecuado. Por ahora les debe favores políticos por el apoyo que de ellos recibió su partido. Tanto como las visitas a San, disfruta ser sodomizado por el hermano de su esposa. Antes lo era por su padre.

El ministro

El diplomático con todos tiene tratos y a todos roba. Morirá primero, atacado por un deforme cuya saliva se ha vuelto venenosa, y al que todos llaman con el nombre alemán de Die Teufel.

Diplomático

Pasó el tiempo.

La ciudad se hizo más oscura.

Las calles más frías.

Las personas más deformes.

Por esos días apareció una pareja de esposos muerta en una de las habitaciones del hotel. La mujer denunciaba un disparo en el pecho, el hombre murió envenenado con láudano. Muchos de los clientes, entre ellos los políticos, dejaron de frecuentar a La suite para evitar ser relacionados con el escándalo.

Fue entonces cuando apareció Mark.

Iba tres veces por semana, siempre los mismos días, siempre a la misma hora. Algunas veces pagaba con joyas en lugar de dinero.

San se prendó de Mark.

Mark, como todos los personajes de esta historia, es una silueta en dos dimensiones, blanco y negro, apenas un arquetipo o ni siquiera eso. Un personaje sin carne ni sangre. Ésta es su única vida.

El tiempo pasó.

El incidente de la pareja muerta en la habitación del hotel había quedado atrás y los clientes asustados por el escándalo habían retomado su rutina de visitas.

San y Mark se veían tres veces por semana. Esos días ella no recibía a nadie más. A estas alturas Mark no era recibido como cliente: no debía pagar, ni irse antes del alba.

Pocos meses después se quedó a vivir.

Por alguna razón la presencia de un hombre al lado de San aumentaba el deseo en sus clientes.

Los días en que ella trabajaba él salía. Volvía la mañana siguiente mientras ella dormía. Minutos después de que Mark entraba a la cama San despertaba aturdida por un estridente olor a sexo femenino.

No decía nada. Sentía celos en silencio.

Los días que compartían los pasaban en la cama y en las tiendas exclusivas del viejo Dite. Mark gustaba de la ropa fina, las bebidas costosas y los lugares lujosos.

Discutían por dinero, Mark no trabajaba y no estaba dispuesto a hacerlo. San quería trabajar menos días, pasar más tiempo con él.

San dejó de trabajar casi por completo.

Se dedicó a los opioides: meperidina, fentanyl, morfina, heroína; y a Mark.

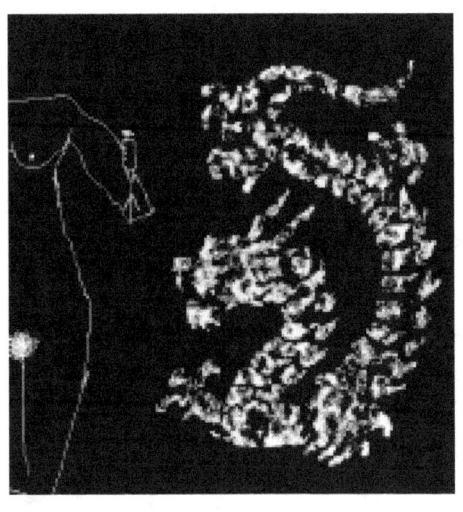

El dinero empezó a escasear. Los ahorros de San se consumían.

En Dite es más importante el dinero que cualquier cosa.

Sólo se le comparan el poder y la maldad.

San volvió a recibir clientes por petición de Mark. Los precios se elevaron. Sólo unos pocos clientes pudieron cumplir con la nueva tarifa.

Mark exigía vinos importados, ropas costosas, comida sofisticada y servidumbre. Ella hacía todo lo que él pidiera.

Desaparecía por días. San lo esperaba despierta. Un dragón de humo en los pulmones, jeringas sobre el piso, vasos de agua a medio tomar por todas partes.

A su regreso ella lo amaba.

Nunca quiso preguntarle qué hacía mientras no estaba o por qué olía de esa manera.

Mark desapareció como otras veces.

Una mujer de la servidumbre entró a la habitación principal, explicó que Mark se había llevado la caja fuerte, las joyas y otras cosas de valor.

San lloró envuelta en opio. Nada de eso lo quería sino para compartirlo con él.

Los clientes eran cada vez más deformes, pagaban menos. San se entregaba al opio y sentía la proximidad de la deformidad. Deliraba con fiebres altas.

Contrató a un hombre para que localizara a Mark. No importaban los costos, no importaba nada.

Las pistas eran inciertas, explicaba el investigador, Mark parecía haber huido por varios caminos al mismo tiempo. A través de la investigación, San descubrió que Mark había padecido las fiebres de la malaria, que venía de una familia rica del Dite de los círculos centrales, que había perdido a todos sus amigos en la guerra, y que ella no era la primera mujer que encontraba su casa saqueada por él.

San no podía seguir pagando la suite del hotel y se mudó a un apartamento malsano allende el parque que llenaba el frente del hotel.

Despidió a la servidumbre.

Pasaba días sin dormir.

Volvió a las calles en las que estuvo antes del bar La Sierpe. La oscuridad, el légamo de azufre sobre el calzado, el frío de tumba, los cerberos acechando.

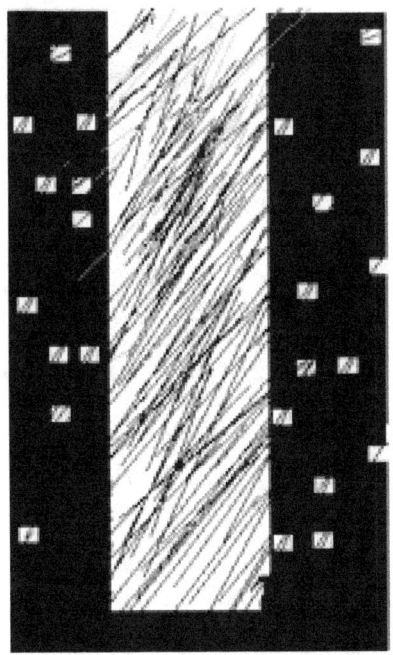

Una noche fue recogida por el señor alcalde. Éste se prendó de San.

La empezó a frecuentar. Ella lo recibía con beneplácito. A su disposición estaba el poder y la cabeza del tráfico de opio. La carrera política del alcalde había empezado como colaborador económico de campañas. La plata venía del contrabando de opio y de quinina.

El alcalde pagó las deudas, nueva servidumbre, vestidos, opio. San regresó a La suite, ahora pagada por el alcalde.

Nunca aceptó vivir con él pero aceptó no recibir más clientes.

Ella le permitía pasar la noche y quedarse hasta el mediodía.

Se entendían bien. Ella le proveía sexo; él poder, dinero y opio.

El alcalde gustaba de ver a San en la cama con otras mujeres y con otros hombres.

Volvieron los políticos, excepto el diplomático que había muerto.

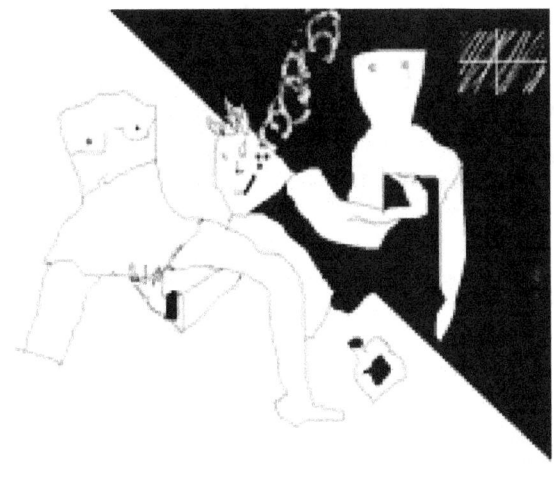

Las fiestas son de grata recordación. San disfrutaba de la mesa servida con viandas y drogas. Se complacía mucho más con las mujeres que con los invitados varones del alcalde.

El hombre contratado por San para encontrar a Mark vuelve con información: vive en el viaducto del subterráneo, se alimenta de ratas y de hombres, está deforme, lo llaman con la voz alemana de Die Teufel; no le queda un centavo de lo que se llevó.

San paga un apartamento para Mark. Allí están juntos.

El alcalde la ve desaparecer por días. Entra en cólera. Hay celos, discusiones, destrozos. La escena se repite varias veces. Advierte que su dinero no es para que se lo gaste con nadie más. Pregunta si hay alguien más, pregunta dónde ha estado: San calla. Declara que los únicos hombres distintos a él con los que puede tener trato son sus invitados.

San siente que le esquilman el opio, que le dan menos dinero, se enoja, desaparece.

A su vuelta evidencia golpes. El alcalde no grita, no reclama, quiere saber qué pasó. Ella sangra, una cortada profunda le ha desgarrado el seno derecho, un golpe le deformó la cara.

El alcalde promete venganza. Ella acepta. Aparejan un plan.

El alcalde proveerá un tirador. San confiará una descripción completa de su amante al hombre encargado de ejecutarlo, después se citará con él y no se presentará a la cita.

El alcalde provee al tirador. San entrega toda la descripción telefónicamente.

Fecha: lunes, medianoche.

Lugar: Parque de las Arpías.

Descripción: hombre vestido con sombrero, saco y corbata. Cara redonda.

Detalle: llevará una cinta blanca en su sombrero.

Indicación: disparar desde lejos, su saliva es venenosa.

San cuelga la bocina y se apronta para salir.

Se viste sin apuros.

Se despide del Alcalde.

Fue difícil encontrar una cinta blanca.

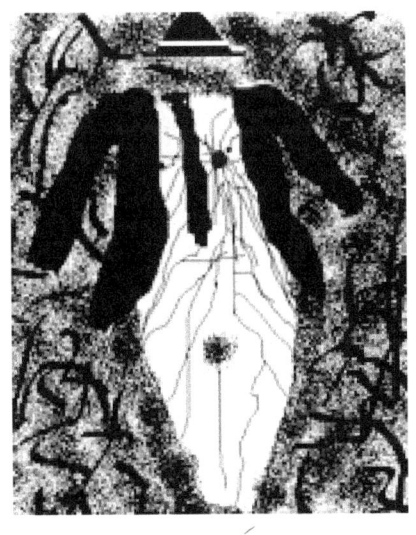

Capítulo iii:
Cartas muchos años después

Me conmovió ver tu nota después de tantos años. Hace mucho nada me conmovía. La última vez que recuerdo haber sentido algo distinto a la indiferencia fue el día de la partida de Laura.

Esos días fueron difíciles.

Vivía atormentado por la culpa.

Caminaba la ciudad como camina su celda un condenado a muerte.

Ahora encontré la paz de la abulia. Hace mucho nada me importa, hermano. La negligencia respecto a cualquier asunto, propio o ajeno, es mi única respuesta. Este estado de cosas es un premio para mí, no lo cambiaría por nada.

Un abrazo, hermano.

Me asusta un poco este intercambio de correos. No quisiera verme en una situación en la cual se vea amenazada esta paz que tanto me ha costado conseguir. Sin embargo debo reconocer que me alegra saber de ti de nuevo.

Sobre mí no hay mucho que contar. Mis días son tan parecidos unos a otros como dos granos de arena.

Escribo, por pedido, cosas en las que no creo, y soy implacable en lo que respecta a tarifas y pagos. Desde hace mucho no escribo nada por iniciativa propia; no creo en nada, no tengo nada por dentro, ni nada qué decir. Como ves, terminé viviendo de la escritura, que era mi sueño, aunque ahora me parezca otro de los datos intrascendentes de mi vida.

Vivo solo. Leo.

He llegado al punto de no leer nada nuevo por miedo a encontrar algo que me emocione. Recorro siempre las mismas páginas todos los días, durante horas. A veces me tienta la idea de una lectura nueva pero creo que el placer no compensaría el riesgo.

Esa es mi vida, hermano. Esa es la vida de un traidor.

From: Sinner

Sent: Día undécimo

To: Aleck

Las cosas han cambiado desde mi último correo electrónico. Unos dolores terribles me han ata-cado y siento que han transformado mi cuerpo. Cuando menos en su interior. Siento la proximidad de la deformidad como un ladrón que acecha detrás de la puerta. Por momentos temo perder la paz de la desesperanza.

¿Recuerdas que Virgilio creía que las almas descendían de la divinidad y por tanto eran incorruptibles? Eso quiere decir que sólo del cuerpo puede provenir la propensión al pecado. Parece que es ahora mi cuerpo el que busca el descenso a los infiernos. Sin embargo, es un lugar en el que mi espíritu ya ha estado.

Para San Agustín, en cambio, es el alma depravada la que se pone en resonancia con el vicio y los espíritus impuros. Mi caso parece ser éste.

Por ahora, hermano, acompaño los días con humo de cigarro y con pacientes lecturas, hasta que llegue tu respuesta.

El sueño ha huido de mis ojos. Los dolores que atacan mis huesos son en cierto sentido esporádicos, pero una vez presentes no me dan tregua. Por momentos creo que son causados por el frío, por momentos siento como si una fuerza siniestra in-tentara doblar-me las partes óseas y revolverme la carne.

Escribe pronto, hermano, que tus palabras son mi mayor consuelo en estos días.

He vuelto a la librería de viejo a refugiarme del frío, aquella en la que compré los tomos de San Agustín y el diario del que te hablé. Es uno de los pocos lugares tibios de la ciudad.

Compré un ejemplar en latín de la Sacra Vulgata para complementar las lecturas de San Agustín. Para encontrar quién es mi Dios. Ja, ja, ja.

Dice el santo, en el capítulo séptimo del libro segundo, que la acumulación de conocimiento filosófico, a la que era tan inclinado, no sirve de nada si esos preceptos no son guiados por una autoridad divina. Desde luego esa es una respuesta que no tengo, la de Dios. ¿Qué podría decidirse de un cuerpo deforme y un alma amorfa? ¿Qué efecto tiene la acumulación de conocimiento filosófico?

Sobre tu propuesta te diré que no puedo abandonar esta ciudad, es inútil, la llevo por dentro.

Por lo demás no hay de qué preocuparse: los dolores han desaparecido y el sueño ya volverá.

Había olvidado contarte: aún conservo el pedernal que me regalaste. Lo llevo conmigo a todas partes, como amuleto contra la miseria.

Me siento en la poltrona al lado de la ventana y demoro la lectura, el tabaco y el café. Algunos días siento consuelo en esta costumbre. Se volvió costumbre después de la guerra, poco después de la huida de Laura.

Hace días no sufro dolores y siento que mi cuerpo lentamente recupera su forma y su tamaño. Por momentos parece que puedo recuperar la paz de la desesperanza y el desencanto.

Escribe pronto.

From: Sinner

Sent: Día trigésimo primero

To: Aleck

_____

Lee esto, hermano. Después de todo Dios era poeta:

Omnia tempus habent et suis spatiis transeunt universa sub caelo

Tempus nascendi et tempus moriendi tempus plantandi et tempus evellendi quod plantatum est Tempus occidendi et tempus sanandi tempus destruendi et tempus aedificandi

Tempus flendi et tempus ridendi tempus plangendi et tempus saltandi

Tempus spargendi lapides et tempus colligendi tempus amplexandi et tempus longe fieri a conplexibus

Tempus adquirendi et tempus perdendi tempus custodiendi et tempus abiciendi

Tempus scindendi et tempus consuendi tempus tacendi et tempus loquendi

Tempus dilectionis et tempus odii tempus belli et tempus pacis.[2]

[2] En este mundo todo tiene su hora; hay un momento para todo cuanto ocurre:
Un momento para nacer, y un momento para morir. Un momento para plantar,
y un momento para arrancar lo plantado.
 Un momento para matar, y un momento para curar. Un momento para destruir,
    y un momento para construir.
 Un momento para llorar, y un momento para reír. Un momento para estar de luto,
    y un momento para estar de fiesta.
 Un momento para esparcir piedras, y un momento para recogerlas. Un momento para abrazarse,
    y un momento para separarse.
 Un momento para intentar, y un momento para desistir. Un momento para guardar,
    y un momento para tirar.
 Un momento para rasgar, y un momento para coser. Un momento para callar,
    y un momento para hablar.
Un momento para el amor, y un momento para el odio. Un momento para la guerra,
    y un momento para la paz.
-Eclesiastés 3:1-8

From: Sinner

Sent: Día trigésimo tercero

To: Aleck

Esta mañana el dolor fue insoportable. Como consecuencia creo que mi estatura ha disminuido, o por lo menos eso me parece. Intenté mitigar los dolores con alcohol pero fue inútil.

Escribe.

From: Sinner

Sent: Día trigésimo cuarto

To: Aleck

El dolor forma el carácter

El dolor forma el carácter

El dolor forma el carácter

El dolor forma el carácter

El dolor forma el carácter

El dolor forma el carácter

El dolor forma el carácter

El dolor forma el carácter

El dolor forma el carácter

El dolor forma el carácter

El dolor forma el carácter

El dolor forma el carácter

Capítulo iv:
Ensalmos

I

Okú, parado frente a la entrada del bar, ve una forma oscura esconderse detrás de las geometrías del callejón contiguo.

Es la décima que ve en el día. Hace tres que está viendo sombras y demonios en todas partes. Cree que se está volviendo loco.

Mira el callejón. Hurga con la vista. No parece haber nada distinto a ratas y cucarachas.

Entra al bar.

Humo.

Los grititos de Billie Holiday.

Las caras cerúleas por falta de sol.

Las casquivanas aguardando en la barra.

Okú se acerca a la mesa de Burim, su patrón. Se sienta. Saluda a Tudo, el hombre que lo ayudó a conseguir el trabajo, saluda a

Paolo, hermano de Tudo. Agradece un trago. Lo bebe.

Le gusta Billie Holiday. Canta entre dientes mientras los demás hablan. Los grititos y los cobres lo hacen olvidar las sombras por un momento.

La conversación se interrumpe, todos lo miran. No sabe de qué se trata porque estaba concentrado en la música.

Sonríe. Recibe instrucciones.

Es simple: uno de los vendedores que trabaja en las calles parece que está haciendo negocios por su cuenta, y el patrón quiere que hable con él. Nada violento, nada persuasivo, sólo buscar una explicación a los números.

Se despide.

Entra al baño y se lava los ojos con jabón.

Respira.

Enciende un cigarro.

Sale del bar, y siente que dos sombras se cruzan a su espalda.

Pen sube las escalas escoltada por un hombre.

Detesta a Billie Holiday. Prefiere los boleros de las Antillas y la música de acordeones. Sabía bailar, pero es algo que todos los habitantes de Dite han olvidado.

Ahora prefiere fumar.

Llega al segundo piso y recorre el corredor con el hombre detrás. Antes Pen disfrutaba escrutando a sus clientes, clasificarlos de acuerdo a su belleza.

Ya no lo hace.

Pen entra en la habitación, después entra el hombre.

Cortinas rojas.

Espejo en el techo.

Una ventana que da a un corredor.

Luz tenue.

El hombre se empieza a desnudar. Pen entra al baño. Se limpia la cara y se arregla un poco con el maquillaje derramado sobre el mesón. Se desnuda, y vuelve a la habitación.

La cara de terror del hombre la asusta.

Pregunta qué pasa, no hay respuesta.

Intenta acercarse.

Es rechazada.

El hombre sale corriendo desnudo, olvidando la ropa junto a la cama.

Okú encuentra al vendedor.

Siente una sombra correr y esconderse.

Pregunta si ha visto eso. El vendedor no ha visto nada.

Okú se rasca los ojos furiosamente.

Vuelve a los negocios.

Pregunta por las ventas de opio y de quinina. La gente se está yendo de la zona, responde el hombre, dicen que mucha gente se ha vuelto deforme, y se esconde en los viaductos del subterráneo. El vendedor explica que no sabe si sea cierto, pero que lo cierto es que la gente se ha ido.

Parece cierto. En otras zonas también la gente ha abandonado sus residencias mientras en el centro de la ciudad las ventas han subido.

Revisan números: todo parece estar en orden.

Okú se interesa: ¿gente que se ha vuelto de-forme?

El vendedor explica que eso dicen pero que él no ha visto a nadie, que no cree que sea cierto, que cree que simplemente la gente se ha ido a otras zonas de la ciudad en las que hace menos frío.

Del hombre quedó la ropa tirada en el piso, y la cara de espanto grabada en la memoria de Pen. Busca alrededor qué pudo causarla pero no encuentra nada.

Pen no quiere volver a bajar al bar.

Razones:

Detesta a Billie Holiday, que grita desde el primer piso.

Detesta las caras anémicas de la calaña.

Cierto malestar, cierto sentimiento que no alcanza a definir.

Fuma.

Se tiende en la cama. Se mira desnuda en el espejo del techo: no entiende. Antes se miraba todo el tiempo para ver si había subido de peso. Ya no le importa.

Hace años no se masturba.

Cala su cigarro.

Se mira de nuevo: no ve nada extraño excepto que la cama parece demasiado grande y ella demasiado pequeña.

Ya su cuerpo no la complace como antes, cuando masturbarse era la más importante de las rutinas diarias. Empieza a acariciarse pero no logra la conexión necesaria.

Vuelve al cigarro.

Piensa en bajar, esperar un nuevo cliente. No está de ánimo: esperar, fingir amabilidad, soportar la música.

Cierra la cortina roja y busca un lugar en la cama.

Duerme.

Okú vuelve al hotel.

En recepción deja un sobre para que sea enviado a Burim por correo local. Contiene los de-talles numéricos y las explicaciones del caso.

Sube a su habitación, pasa directamente al baño. Se lava los ojos con jabón y esponja varias veces. Se enjuaga con agua caliente.

Vuelve a la habitación. Busca sombras debajo de la cama, detrás de las cortinas, en el armario.

No hay nada.

Se acuesta. Busca el sueño que parece no vendrá.

Pen no entiende qué sucede: hace días todos sus clientes corren con cara de espanto.

Se tiende en la cama para que sus compañeras la examinen.

Hurgan, escrutan: no ven nada anormal.

Una de ellas la huele para detectar el inconfundible tufo de la brujería. No siente nada. Otra de sus compañeras pasa las manos

sobre su cuerpo buscando energías negativas.
No siente ninguna.

Pen queda sola en su habitación.

Busca en su armario.

Lanza vestidos al piso, zapatos.

Por fin encuentra lo que buscaba.

Va al baño. Se lava con keroseno, que es lo que usaba su madre para evitar los ensalmos de bruja.

Okú sale a caminar.

Niebla.

Garúa.

Frío.

La noche cada vez más larga.

El día cada vez más parvo.

Las sombras pasan rápidas. Okú sólo escucha el sonido con que quiebran el viento a su espalda.

Hace casi una semana no lo dejan dormir.

Le tiemblan las manos.

Los ojos y los oídos los tiene lacerados. Ha intentado lavarlos con agua ardiente.

Llega al bar.

El callejón adyacente ruge lleno de formas que se esconden. Nunca puede verlas en pleno. Son más rápidas que su vista.

Entra.

Humo. Billie Holiday.

Necesita relajarse.

Busca con la vista alrededor.

Pen está sentada sola en la barra.

Llegan juntos a la habitación.

Okú contempla las cortinas rojas como llamas.

Siente el olor aceitoso del keroseno.

Pen entra al baño. Se desnuda. Se examina en el espejo.

Okú aprovecha la repentina soledad para buscar sombras debajo de la cama y en el armario.

No hay nada.

Pen no ve nada anormal. Espera que los lavados con keroseno durante una semana hayan dado resultado.

Sale.

Okú observa espantado el sexo de Pen cubierto por gusanos.

Pen suelta un grito preguntando qué pasa.

Okú disimula: no quiere que todos sepan que se está volviendo loco.

Corre al baño, se lava los ojos.

Vuelve a la habitación mirando hacia arriba. Encuentra la imagen de Pen en el espejo del techo: no hay nada, su sexo luce limpio.

Vuelve la vista sobre el cuerpo de ella, y ahí están las larvas retorciéndose sobre la carne putrefacta de su sexo.

Okú ve el cuerpo maldito del que han salido los demonios que lo han acosado los últimos días. Ve a los gusanos volverse demonios, los ve volar y dar vueltas por la habitación.

Por primera vez no se esconden.

Pen pregunta qué pasa.

Grita desesperada por saber qué lo espanta.

Minutos después, frente al espejo del baño, con la botella de keroseno aún en la mano, Okú escuchaba los gritos de dolor de Pen que es purificada con llamas.

Las cortinas rojas, y la cama, han empezado a reproducir el fuego.

Los demonios no desaparecieron. Como si hubiera abierto un hueco hasta el centro de los infiernos, las sombras enloquecen a su lado. Ríen, gritan, chillan, lo atacan.

El espejo no las reproduce.

Okú grita. Las espanta como a moscas.

Saca de su bolsillo una navaja, sin embargo las sombras son atravesadas por el filo sin recibir daño alguno.

Levanta la vista llena de lágrimas de desesperación. Apunta el filo hacia sí mismo, y se saca los ojos.

II

No puedo hacer que te vea bello, responde Delfa.

Pero puedes hacer que no me vea deforme, pregunta Layo.

Puedo hacer que no te vea deforme pero no que te vea bello.

No es suficiente, antes de ser deforme igual me rechazaba.

No puedo hacer que sienta culpa, responde Delfa.

Pero puedes hacer que se vuelva loco, pregunta Yocasta.

Que se vuelva loco de la noche a la mañana no, pero puedo hacer otras cosas.

Y puedes hacer que no desee a otros hombres, pregunta Layo.

No, no puedo hacer que no desee a otros hombres, responde Delfa.

Pero puedes hacer que los hombres no la deseen.

No, tampoco puedo hacer que los hombres no la deseen.

Puedes hacer que me extrañe, pregunta Yocasta.

No, no puedo hacer eso, responde Delfa.

Entonces puedes hacer que se acuerde de mí.

No, pero puedo hacer que te vea cuando no estás.

Lo que puedo hacer es que se vea mal desnuda, dice Delfa.

Puedes hacer que huela mal, preguntó Layo.

No puedo hacer que huela mal, pero puedo hacer que ella se sienta mal olor o que los demás le sientan mal olor.

Eso podría ser, dijo Yocasta, pero lo más probable es que me ignore.

Puedo hacer más cosas, respondió Delfa.

Y puedes hacer que sienta miedo cuando está solo.

No que sienta miedo, pero puedo intentar asustarlo.

No está mal. Y puedes hacer que se vea gorda y fea, preguntó Layo.

No demasiado gorda, ni demasiado fea, peor puedo hacer que se vea vieja o llena de llagas o llena de gusanos.

Eso, el sexo lleno de gusanos, repugnante, y que sólo lo noten los hombres.

Eso quiero, asustarlo, dijo Yocasta, él no soporta que nada esté a sus espaldas, necesita que todo esté delante de él.

Puedo hacer que vea sombras que le pasan por detrás, dijo Delfa.

Eso, sombras que le pasan por detrás.

Hecho.

Capítulo v:
Samsara

Dios mueve al jugador, y éste, la pieza.
¿Qué Dios detrás de Dios la trama empieza
de polvo y tiempo y sueño y agonías?

J.L. Borges

I

Con un truco de magia, un poco de artificio y una pareja. Así es como termina.

Antes tendrá que haber una historia, un hombre, una mujer, romance, muerte. Así también ha comenzado. Con otras palabras pero las mismas fórmulas.

Primero está nuestro hombre: treinta y ocho años, abrigo largo y oscuro, una pluma en el bolsillo izquierdo de la camisa, un pequeño cuaderno con pasta de cuero, un cigarro por más de veinte años, buena posición económica, esposa hermosa, matrimonio estable, sin hijos.

Siempre ha querido ser escritor.

Lo llamaremos J. Avski o simplemente Avski, porque ese será su nombre en breve, es decir, el nombre que elegirá para sí mismo.

La mujer será introducida después, a su debido tiempo.

Antes de salir para su trabajo nuestro hombre recoge su correo. Entre los papeles hay una carta que no es para él, es para Joseph Avski. De camino a su oficina entiende que la correspondencia en realidad no estaba errada. Nada es dejado al azar, hay un mensaje en todo cuanto ocurre. Piensa que la voz inglesa *letter* devino de la latina *littera* que contiene la misma raíz que *litteratūra*. Decide entonces desviar su ruta hasta un hotel en el que se registra con un nombre falso: J. Avski.

Aquí termina una historia, una que no pretendemos contar, la de un hombre que desea escribir y que cada noche después del trabajo le cuenta a su esposa el argumento de un libro que nunca escribirá; y se inaugura otra, cuya primera escena, es un hombre registrándose en un hotel.

¿Por qué ha hecho eso?

La razón es tan compleja como sencilla: Avski ha decidido, por fin, dedicarse a escribir.

Ahora está solo.

Aún no está perdido pero en breve lo estará.

Aún no lo sabe pero podemos decir que nunca volverá a casa.

II

El hotel escogido por el señor Avski se ajusta bastante bien a las historias de escritores que ha leído. Esto es importante para él. Tiene un bar agradable en el cual se pueden llegar a conocer personajes interesantes. Servicio de restaurante y vista a un lugar emblemático: el parque de las Arpías.

Desde luego todos estos datos pueden ser usa-dos por sus biógrafos en el futuro.

Ha decidido su rutina diaria: trabajará de ocho de la mañana a una de la tarde, bajará al bar del hotel a tomar el almuerzo y retomará el trabajo a las tres, después de una breve siesta. Una vez más suspenderá a las seis y volverá al bar para tomar un trago y cenar. Beberá un par de tragos más hasta las diez de la noche y subirá a su dormitorio a leer hasta que el sueño lo venza.

Avski organiza su habitación: un escritorio, un computador personal, una impresora y papel abastanza, una pequeña botella de tinta negra, su pequeña libreta con pasta de cuero en la que ha tomado notas, un cuaderno, un par de diccionarios y un tomo de las obras completas de Jorge Luis Borges.

Toma una ducha.

Aún con el cabello mojado intenta un escamoteo de palabras que pretenden ser el comienzo de su primera novela. En un cuaderno deja apuntes generales sobre la cábala de su historia, sobre la naturaleza de los personajes y sobre el lugar en que debe retomar la escritura al día siguiente.

Por fin, agotado, decide bajar al bar a cenar y a tomar un trago.

Planea ir a la cama temprano para empezar su labor descansado la mañana siguiente.

III

Stavrogin decidió no usar arma alguna. En su lugar: veneno negro, láudano.

Destapó el frasco, disfrutó del olor alambrado del opio, y de la sustancia tabernaria del recuerdo.

Lo recordó todo.

Un año antes, en la misma habitación de hotel, en el séptimo círculo, había dado muerte a una mujer. Sólo ahora se daba cuenta que era la mujer del hombre que se disponía a matar.

La había abordado en el bar del hotel, y después subieron juntos a la habitación.

Habían compartido la pipa y la jeringa.

Habían hecho el amor rodeados de dragones de oriente.

Después habían soñado. Ella, con máscaras de colores y sonrisas macabras. Él, con un hombre sentado frente a un teclado urdiendo complejos juegos temporales para representar la sencilla desgracia de su círculo eterno.

Pasado el reposo, él le había ofrecido un cigarro.

Fumaron juntos frente a la ventana.

Repitieron un beso y luego un abrazo.

Ella sintió un frío de hierro contra su seno e inmediatamente la descarga. Cayó al piso con la mano aún aferrada a la de él.

Ahora ha decidido no usar arma alguna. En su lugar: veneno negro, láudano.

Corrió las cortinas de la ventana para estudiar la ruta por la cual escaparía.

Empuñó la dosis de implacable láudano que guardaba en un pequeño frasco de tinta. Se acercó al hombre que reposaba sobre la cama y depositó el líquido en su boca.

Después salió del hotel y caminó por el parque de las Arpías.

Pensaba.

Sabía que su acto había sido alfa y omega. Sabía que el universo se curva sobre sí mismo en ciclos muy a pesar de los ruegos de San Agustín.

Un desagradable malestar lo invadió y lo distrajo de sus cavilaciones.

IV

En el bar Avski conoce a Sara, una mujer que ha leído todos los libros que él aún no escribe. Ella bebe un Martini mientras relata cada uno de los argumentos que Avski aún no encuentra la manera de poner sobre el papel.

Él bebe despacio un whisky *not blended*, sin hielo.

Ambos fuman, ella habla, él escucha.

Sara recorre los laberintos y las posibles interpretaciones a cada una de las ficciones tramadas por el señor Avski. Él recuerda los intrincados meandros que ideó a medida que ella los menciona. Cada detalle le trae nuevos recuerdos: la imagen de la portada, la tipografía, la calidad del papel, las mañanas frente al ordenador, las noches en el bar esperando a que Sara regrese. Ni una sola de las palabras de Sara ha sido inventada, todas están claras en la memoria de Avski.

Sara calla.

Prende su cigarro.

Deja salir el humo por el costado de su boca.

Avski responde interrogantes, aclara puntos y resuelve detalles que no han sido descifrados por ella. Fuma entre palabra y palabra. Se detiene en el entramado de su primera novela, obra que Sara aprecia con especial entusiasmo y de la cual ha recitado el comienzo, repitiendo algunas de las palabras que Avski había escrito un par de horas antes. La línea narrativa se podría resumir así: Stavrogin, el protagonista, quien es un alter ego del mismo Avski, se encuentra sorprendido en medio de una intriga que tiene como finalidad matarlo. Para salvarse se ve obligado a abandonar su vida y dedicarse a averiguar quién, además de Dios, gasta las noches urdiendo su muerte.

Avski explica que escribir es escudriñar las razones de la propia muerte, y da una calada profunda a su cigarro.

El paralelo entre el hombre que descifra una urdimbre en su contra y el escritor es ampliado durante un buen rato. Avski añade ejemplos sacados de su propia obra y algunos pocos tomados de la literatura universal. Se refiere en detalle a un cuento corto escrito por él en el cual el tiempo transcurre en sentido contrario al que nuestra experiencia nos indica. Sara escucha con atención, añade detalles, apuntala datos y agrega nuevas preguntas.

Acabados los tragos suben a la habitación.

Una vez consumado el sexo, comparten el humo y el sueño.

V

Sara nunca regresó.

Avski la esperaba todas las tardes en el bar del hotel. Mientras esperaba especulaba sobre las posibles orientaciones de su narración. Stavrogin debía descubrir quién había iniciado la trama en su contra, eso estaba claro, sin embargo las maneras de lograrlo parecían tan bastas que se sentía abrumado.

Sara había mencionado un detalle que en su momento lo impresionó. La clave de la historia, para ella, era que Stavrogin había tenido la oportunidad de la redención. La mujer, a la que amó antes y después de asesinarla, podía romper el ciclo infernal en que estaba atrapado su protagonista. Ella conocía todos los detalles del ardid en su contra hasta el punto de poder desmontar las piezas del mecanismo. Era el único personaje que conocía los dos lados de la historia: el de Stavrogin y el de los conspiradores. En cierto sentido era el narrador, la voz consciente y una vez muerta la trama perdía dirección y terminaba curvándose sobre sí misma.

Incluso muerta, la mujer era la pieza fundamental, Avski debía usarla para explicarle al lector por qué la historia se cerraba sobre sí misma, al igual que para que Stavrogin descubriera quién había encabezado la trama en su contra.

VI

Todo el año Stavrogin se dedicó a desentrañar complicadas tramas en las cuales se planeaba su muerte.

Estaba seguro de poder adelantarse y destruir el mecanismo antes de que el mecanismo lo destruyera a él.

Signos conjeturales lo llevaron a personas que desempeñaban papeles improbables en una trama inverosímil. Era un mecanismo de relojería: demasiado complejo y demasiado preciso. Una sola suposición errada daba al traste con todo el entramado.

Fue un año dedicado al desagravio, no al placer. No hubo tiempo para disfrutar de un cigarro en el café que hay frente al parque de los decapitados. No hubo tiempo para las lecturas parsimoniosas del buen Borges.

La justa muerte llegó para quienes pertenecieron a la pantomima en su contra. Stavrogin ideaba bellas maneras de dar muerte a quienes aceptaron un papel en el teatro de su propia muerte.

La última página, sin embargo, ya estaba escrita.

Algunos fueron despojados de las uñas con pinzas antes de ser ultimados. Otros fueron separados de sí mismos a través del cuello con la delicadeza necesaria para que la cabeza reconociera al cuerpo extraño. Unos más fueron tentados a la traición y aceptaron vender al hijo del hombre a cambio de unas monedas, una vez consumado el negocio eran muertos a dentelladas por los tres rostros del príncipe de las tinieblas.

Una posibilidad que primero inquietó a Stavrogin se transformó después en regocijo. Sabía, por Swedenborg, que muchos de los caídos podían ignorar su muerte. En un comienzo había juzgado importante que todos supieran por qué morían y estuvieran informados de que era su justo castigo. Sin embargo, en un segundo análisis, esta pobre perspectiva cobraba interés dado que a cambio de su ignorancia, los sacrificados quedaban atrapados en un ciclo infinito, en el cual, su dolor, su angustia y las tinieblas sobre su propio estado se hacían más profundos.

Stavrogin entró al hotel en el que se alojaba el hombre al que debía quitar la vida para conservar la propia. Se registró con un nombre falso, y subió a la habitación indicada por las pistas de las que disponía.

VII

Había pasado un año. Avski escribía con el mismo fervor del primer día. Sólo faltaba el final, volver a la escena inicial para completar una novela circular.

Sara no había regresado.

Avski la seguía esperando. Parte del día se la pasaba preparando nuevos giros, nuevas interpretaciones de su propio libro para compartirlas con ella.

Poco antes del medio día suspendió la escritura. Tomó un sorbo de café y botó las cenizas de su cigarro. Se dio vuelta y contempló la habitación vacía.

Se levantó, y corrió las cortinas para que entrara luz. Apenas una oscuridad cobriza iluminó la estancia. Encendió otro cigarro y lo fumó lentamente, frente a la ventana, mientras intentaba tranquilizarse. De vuelta al escritorio tropezó con el cuerpo sin vida de Sara, la esposa abandonada. Recordó su rostro junto al de ella cuando aún su nombre era Stavrogin. Recordó la casa que abandonó, y la cama en la que le contaba cada detalle de los libros que jamás escribiría.

Entendió que después de un año planeando su propia muerte no podía abandonar su empresa. Decidió no usar arma alguna. Prefirió el silencio del láudano. Destapó el frasco de tinta negra y disfrutó el olor alambrado del veneno de opio. Recostado en la cama bebió el contenido de la pequeña botella antes de escribir las últimas líneas de la novela. Pensó que caminaba por el parque de las Arpías, pensó que su acto era alfa y omega, que el universo se repetía muy a pesar de los ruegos de San Agustín, hasta que un desagradable malestar lo invadió y lo distrajo de sus cavilaciones.

Capítulo vi:
Cartas muchos años después

Me alegra que hayas disfrutado las líneas que te mandé del Eclesiastés. Es, creo, junto a Sabiduría y Proverbios, el libro más placentero para la lectura de los que componen la Biblia. Tienes razón: la música del latín tiene algo sombrío y tenebroso que embellece el texto.

Quisiera complacer tu petición pero no escribo poesía desde hace mucho tiempo, aunque tan fácilmente sucumba a sus engaños. En cuanto a mis poemas viejos, no los conservo. Si logro rescatar algo te lo envío.

Después de dos días de dolor sin tregua han pasado unos más de calma. No me hago ilusiones al respecto pero disfruto la vuelta a la desolación. El purgatorio en el que vivía, la desesperanza, la desilusión, es mi lugar natural. La felicidad del cielo me asusta hasta el punto de la desesperación y los dolores del infierno me mortifican hasta la locura.

Llevo la culpa de Abel sobre mis hombros. Eso no lo olvido.

Hermano, no es cierto que no me haga ilusión la idea de tu visita y por eso evada el tema en mis respuestas, es sólo que no quiero que pises esta ciudad. No creo que en este momento sea posible salir una vez adentro.

No vale la pena el riesgo. Más bien no dejes de escribir.

From: Sinner
Sent: Día trigésimo noveno
To: Aleck

He encontrado esto entre mis papeles, espero complazca tu deseo. Creo que lo escribí pocos años después de la guerra.

7:14
viento frío
cielo despejado
abundante canto de pájaros
un ángel del atardecer
2650 millas lejos de casa
caduca el sol
de los primeros de abril

minutos en el celular: 128
fecha de corte: 30 de mayo
se agota el sol
en un árbol sin hojas

forma de la tierra: redonda
forma del viento: frío
forma de la cara: triste
forma del amor: desconocida
en los ojos del que teme
    el sol se apaga
forma del que escribe: desolada

7:27
luz del sol: poca
luna: ausente
canto de los pájaros: escaso
el viento vive
    en el sonido de las ramas

minutos en el celular: 127
distancia a la esperanza: incalcula-
ble
el viento vive
    en el frío de los huesos

7:49

llamadas recibidas: ninguna

llamadas realizadas: 7

situación: solo

la noche habla

   a través de las sombras

forma de la esperanza: oscura

Si la memoria no me traiciona el texto que te envié ayer lo escribí el día en que ella se fue.

Los dolores son insoportables. He tenido que recurrir a los derivados del opio como paliativos.

Confieso que es hermoso sentir a un dragón de oriente corretear por las venas.

La medicina me ha calmado los dolores y me permite leer.

San Agustín dice, hermano mío, que existen tres tipos de almas: las divinas, las de los demonios alados y las humanas. Las dos primeras son livianas y habitan en el aire; comparten la inmortalidad pero no la cercanía de Dios. Las humanas, castigadas por el paso del tiempo, comparten con las de los demonios alados la afición por el juego, el vicio y los engaños de la poesía.

Es curioso pensar, hermano, que las almas divinas son inmunes a la música de las palabras.

Ahora lo pienso, pero puede ser justamente mi afición por la poesía la que atrae la deformidad.

Capítulo vii:
Relato de un sueño

C'était bien l'enfer; l'ancien,
celui dont le fils de l'homme ouvrit les portes.

Rimbaud

Pensemos en una ciudad con calles de nombres eslavos, una panadería y un bar en el que se reúnen viejos amigos a comer. Un parque por el que pasa un río de aguas traslúcidas en el que la gente se baña en los meses de verano para aliviarse del calor, y un malecón sembrado de cipreses que permanecen verdes durante el invierno y de robles que dejan caer hojas en el otoño para que las sacuda el viento.

Podría haber un hombre que recorre las calles de mañana y reconoce los nombres en el idioma que aprendió de sus padres, y por las noches sueña. Un hombre que todos los días a las cuatro de la tarde va a la panadería a esperar el pan recién horneado con una taza de café, y por las noches bebe con el fervor sagrado que inspira el alcohol en presencia de los amigos; que nunca va a bañarse en el río pero gusta de sentarse cerca a leer con la algarabía de la felicidad intrusa a su alrededor.

Imaginemos a este hombre que sueña aunque de día tome café y coma pan, vaya al parque y al bar.

Ahora duerme.

Sueña.

Sueña que está en una ciudad oscura, llena de vapores malsanos, calles laberínticas y edificios de geometrías improbables. En su ilusión una mujer camina hacia él. El cabello y la piel fusca como la muerte. El vestido negro apenas se distingue. La calle, sumergida bajo la bruma, escasamente la deja ver como una silueta.

Ella ha salido de una librería de viejo en la que el hombre cree haber estado.

Una garúa menuda los moja.

Un vago recuerdo la acompaña. Marcas en el rostro y el filo de un arma blanca apretada con odio.

La mujer apura el paso. Se dispone a cruzar la calle en dirección al hombre.

Empuña el acero.

El hombre la contempla. Apenas una sombra. Tiene un cuerpo hermoso pero un demonio de odio domina sus ademanes.

Su rostro le es familiar: la ausencia de sonrisa y ciertas marcas de violencia. Intenta recordar si la conoce del bar, o de la panadería, o tal vez del parque en que las hojas marchitas se abandonan al viento.

El hombre apura una palabra de saludo, pero la mujer emprende una queja, en un idioma extraño, antes de que el hombre pueda modular.

La situación se le antoja totalmente absurda. Tal vez sea un meandro en el sueño, una incorrección en el mecanismo de la magia. Sabe que tales deformaciones son sólo posibles en una fabulación onírica, que la realidad es sólida como el concreto.

La mujer reclama de nuevo, gesticula con las manos.

El hombre la mira, y tartamudea su desconcierto en un idioma que no le parece humano.

La indignación de la mujer es evidente. Emprende su reclamo en el mismo idioma desconocido en el que el hombre se acaba de expresar. Sus palabras son atropelladas y confusas. Su narración es desordenada, llena de espejismos y ofuscaciones.

El hombre la sigue con dificultad.

Las palabras se suman o se destruyen sin orden ni simetría.

La mujer nunca calla.

Las gotas de llovizna se vuelven gotas de lluvia y la ciudad desaparece en la noche. La algarabía de la lluvia se suma al reclamo de la mujer. Hace frío.

El hombre aprovecha la irrealidad del sueño para regalarse un cigarrillo. En su vida real ha dejado de fumar. Lo protege con su sombrero y lo enciende.

Cala profundo.

La columna de humo que sale por su boca empaña la visión de la mujer.

Ella desaparece por un segundo.

La voz sigue ahí, sin pausa.

Poco a poco parece que las atropelladas palabras esconden un complejo esquema. Algunos contornos se marcan y una estructura reclama la atención del hombre. Sospecha una simetría subyacente que no logra descifrar.

Ya antes la ha soñado, recuerda. Compartieron la habitación de un hotel y la emoción del azar en alguna mesa de algún casino. Un proyecto que el hombre no alcanza a dilucidar, ni por medio de la razón, ni de la imaginación, los ha unido antes.

Entiende que no la conoce del bar, ni de la panadería, ni del parque. Ella no pertenece a su mundo diurno, en el que quizá ya ninguno de los dos existe. La ha soñado siempre, siempre en el mismo lugar: una ciudad maldita.

La mujer no deja de hablar en ese lenguaje que no es ninguna lengua.

El oído atento del hombre detecta simetrías y repeticiones que podrían, o no, ser teoremas. Recuerda vagamente que ese lenguaje en el que la mujer habla sólo es descifrable bajo las leyes de una representación geométrica en la cual el universo entero es una circunferencia y un arco una línea recta. Las precisas leyes inauguradas por Lobachevsky, que el hombre apenas inicia a recordar, fundan un relato.

El reclamo de la mujer empieza a tomar forma. Una noche el laberinto del sueño los llevó a una cama. Compartieron sexo y humo de opio. Compartieron suerte en una mesa de ruleta.

La soñó mil veces. La extrañaba de día mientras recorría las calles de su ciudad e intentaba recordar ese idioma axiomático que sólo dormido le era concedido comprender. Buscaba el sueño con fervor, para verla, para buscarla, no le importaba habitar el centro del infierno a cambio de hacerlo con ella.

Después de algún tiempo volvieron al hotel donde compartieron la cama por primera vez. Después del amor se demoraban frente a la ventana fumando y contemplando el parque de las Arpías. Allí empezaron a desarrollar un lenguaje basado en las posibilidades geométricas de un universo donde no se cumple el quinto postulado de Euclides.

Descubrieron una librería de viejo dulcemente cálida para dos amantes, y dotada con tomos sobre geometrías que multiplicaban los universos como dos espejos enfrentados. Allí terminaron de desarrollar la lengua vernácula que ahora castigaba los oídos del hombre.

Volvieron también a la ruleta en la que hombres armados apostaban paquetes de opio del tamaño de libros. Los números que en principio parecían aleatorios, pronto se revelaron como una progresión lógica dictada por las leyes de la gramática. La emoción del azar cedió, pero dio paso la contemplación de la secuencia numérica como una forma de poesía o de música.

Fue ella quien lo introdujo a los vapores de opio que potenciaban el sexo y los ejercicios mentales. Por esos días ya sólo se comunicaban en su propia lengua y habían decidido vivir juntos.

Una noche la mujer no acudió a su sueño.

En vano recorrió los meandros de la ciudad maldita en su búsqueda.

Lo atacó la duda y la desesperación.

Luchó contra la vigilia hasta que, derrotado, abandonó Dite y volvió a la ciudad de los parques, los bares y las panaderías.

Otras noches se encontraron y volvió a ser feliz. Ella nunca quiso explicar su ausencia. Repitieron las rutinas del amor y del humo. Recorrieron los tratados sobre geometría de la librería de viejo que ahora parecían libros de imágenes de países lejanos. Volvieron al salón de la ruleta y disfrutaron la poesía del azar.

Una noche más se produjo el desencuentro. El hombre agotó la ciudad buscándola. Recorrió las calles y los callejones hasta que por fin en un lugar del laberinto halló a la mujer, poco antes del amanecer, compartiendo la cama con otro hombre.

La cólera atacó su organismo como veneno.

El cuerpo que había soñado para él había sido usurpado.

Su furia se deshizo en golpes. La mujer quedó inmóvil y desfigurada; su compañero, un hombre mayor, sucumbió ante el filo de un arma blanca. Ella prometió no perdonarlo nunca, y desapareció.

Desde entonces había pasado muchas noches buscándola. Había recorrido el laberinto de la ciudad maldita en vano. Cada vez pasaba menos tiempo en la ciudad de la panadería, el parque y el bar, cada día dormía más. Gastaba sus horas agotando los meandros mefíticos de la ciudad de Dite, tratando de encontrarla.

Fue inútil.

Después pasaron muchas otras noches en las que se propuso olvidar. Se entregó en brazos del opio y del humo. Olvidó a la mujer y la lengua perfecta que habían desarrollado juntos. Olvidó incluso el eslavo que aprendió de sus padres, y sin darse cuenta nunca más despertó en la ciudad en la que tomaba café y comía pan, iba al parque a leer y encontraba a sus amigos en el bar.

Ahora era un hombre de Dite.

Dormía a la intemperie o en los túneles del subterráneo, debajo de la biblioteca. Mendigaba el pan y robaba para procurarse droga.

Una noche soñó con un campo por el que pasaba un río de aguas claras en el que la gente se baña en los meses de verano para aliviarse del calor, y un malecón sembrado de cipreses que permanecían verdes durante el invierno y de robles que dejaban caer hojas en el otoño para que las mueva el viento. En el sueño caminaba por una ciudad en la que la luz del sol se derramaba por las calles y entraba en un local en el que comía pan recién horneado con café.

Juzgaba esos lugares irreales, sólo posibles gracias a la mentira del sueño. Para el hombre no existía una vida distinta a la de la penumbra.

En su sueño tomó un par de cervezas en el bar, en compañía de los amigos. Después volvió a lo que parecía su casa, entró a la cama y durmió. Soñó con una ciudad maldita, de geometrías imposibles, y con una mujer de piel fusca que lo amenazaba con un filo.

Capítulo viii:

Tudo empuña el arma

I.   Los primeros cigarros.

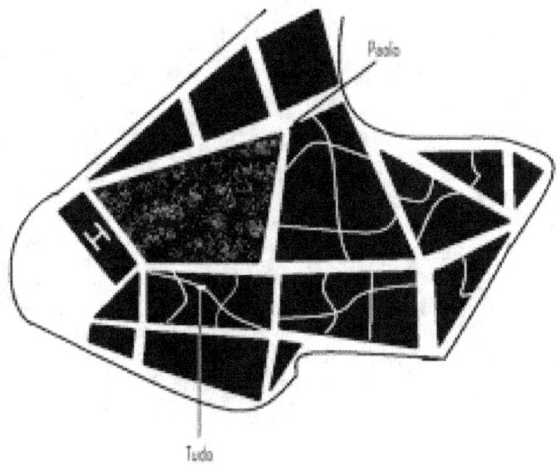

Tudo espera a un hombre en el callejón
para darle muerte.

Empuña el arma.

Levanta la vista.

Caminó entre el hotel y el parque de las
Arpías, dobló por la calle estrecha hasta este
punto del callejón desde el cual prepara la emboscada.

Aquí está Tudo, el callejón y su arma:

Mira la hora.

Da media vuelta.

Camina hasta un edificio.

Apoya la espalda contra un muro, suelta el arma mientras enciende un cigarro.

Empuña el arma de nuevo.

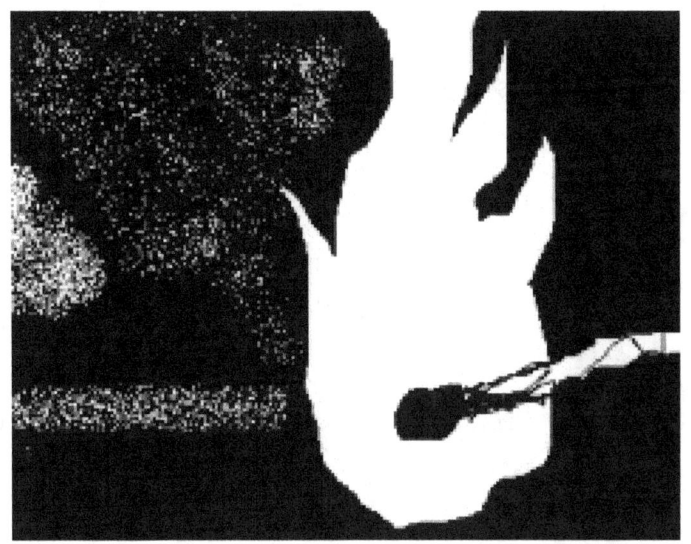

Siente el tacto del gatillo contra la yema de su dedo índice.

Levanta la vista.

Un aire frío le golpea el rostro.

Cala profundo.

Mira su reloj.

Espera.

En el fondo del callejón dos deformes se pelean junto a un arrume de bolsas de basura.

El humo le inunda los pulmones, la nicotina le llena la sangre.

Empuña el fierro.

Eso es parte de su trabajo: matar. Para Tudo no es complicado. Es un trabajo como cualquier otro.

Hoy, sin embargo, es mucho más complejo.

Con Tudo estaba Bem: suave, delicada, ajena.

Ella es esposa de Burim, el hombre para el que trabaja.

Ella lo visita cada miércoles por la tarde. Fornican sin descanso, comparten películas de humor trágico, una pipa de arcilla que Bem robó de un almacén, y besos con sabor a opio y a chocolate amargo.

Desean estar juntos.

They plot out a plan.

Stop.

Let's start from the beginning.

Tudo empezó robando carros para Burim. Nada difícil. Esperaba en una esquina la luz

roja, y con un arma invitaba amablemente a bajar del auto a quien por suerte se detuviera a su lado.

Así ganó Burim una pequeña fortuna, y Tudo la confianza de su jefe.

Después llegó la peste de la malaria, y el tráfico de quinina se convirtió en un negocio más rentable que el robo de autos.

Cambiaron de actividad.

Tudo pasó a ser chofer de Burim. Después su mano derecha.

En esos días compartieron a San, una mujer dragón de humo de oriente. La visitaban una vez por semana hasta que la casquivana

cayó en desgracia y abandonó el hotel. Siempre fue Burim quien pagó por los servicios de la fulana.

Frecuentaban juntos los salones del segundo círculo. Apostaban a la ruleta paquetes de opio del tamaño de libros. Tudo siempre tuvo mejor suerte: ganó un pequeño apartamento para su hermano, varias noches con las esposas de los apostadores y el derecho sobre la hija de uno de ellos.

Nunca fue consciente de las geometrías improbables del azar.

Paolo, su hermano, era la única persona que le importaba en el mundo.

Paolo quería entrar al negocio y Tudo lo introdujo. Tenía ambiciones y voluntad de poder:

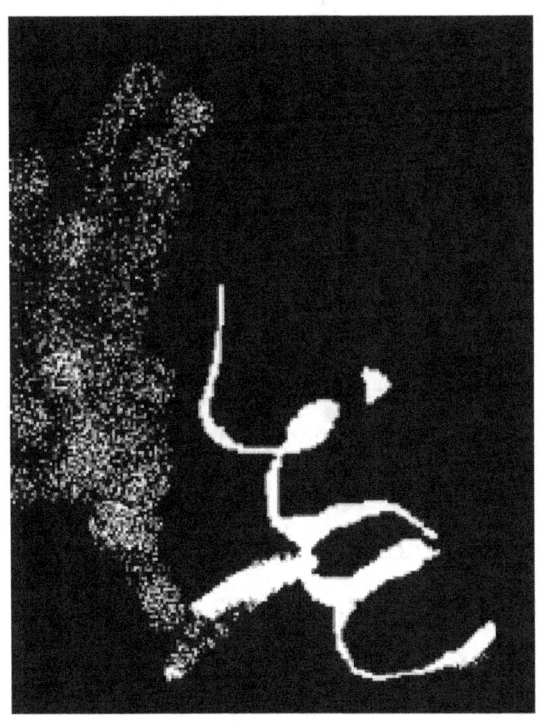

Let's rewind.

Crecieron en las calles. Aprendieron a fumar juntos. Tudo fue padre y hermano. Cultivaron la lectura porque el frío en la intemperie era terrible y la biblioteca era el único lugar con calefacción gratis. Compartieron la indigencia, el hambre, la violencia callejera, los volúmenes de Nietzsche y San Agustín, el légamo de azufre, las noches entre cartones en los bajos del subterráneo, los boleros en voces antillanas que se oían en las cercanías de las cantinas y las lágrimas de ron.

Burim aceptó a Paolo al instante. Le dio un lugar que muchos envidiaban. Era el consentido, el intocable, el hermano de Tudo.

Burim manejaba el comercio de opio y de quinina en mitad de la ciudad. La otra mitad era del alcalde. Habían acordado no enfrentarse. Sin embargo aún quedaban pequeños vendedores, enemigos. Gente con la que Burim prefería no compartir la ciudad.

Para eso estaba Tudo y su arma.

Es rápido y preciso en el trabajo. Nunca más de un implacable disparo. Nunca una señal, nunca una pista. Sólo un cigarro aspirado con ansias y una mano empuñada con fervor al hierro.

Por esos días conoció a Bem. Fue un encuentro casual: Tudo se acercó a rendir un informe, Burim le presentó a su esposa, se dieron la mano y nunca más se volvieron a ver. Meses después ella se presentó un miércoles en casa de Tudo.

Así empezó.

II. El plan.

Tudo empuña el arma:

139

Se recuesta al muro.

Se oculta usando las geometrías de los edificios.

Maldice.

Una lluvia liviana lo moja. No intenta protegerse.

Otras veces ha esperado, otras veces ha matado en el mismo callejón.

Ahora aguarda el momento.

Enciende otro cigarro. Cala. La nicotina le inunda la sangre, el humo le llena los pulmones.

La garúa se vuelve lluvia impertinente.

El callejón se anega con barro de azufre.

Uno de los deformes que se peleaba yace en el piso junto al arrume de basura. El otro come del cuerpo del caído.

Paolo está a unas pocas manzanas, se acerca.

Camina despacio, fuma.

Tampoco se protege de la lluvia.

En su interior hay una duda, un miedo o un arrepentimiento.

Para su ardid Tudo y Bem necesitan ayuda: otro hombre, otra arma que haga fuego. Tudo lo discute con su hermano Paolo. Explica que la ama, que tienen un plan.

Paolo entiende las razones de su hermano y acepta ser parte del plan. Confiesa que se siente solo, que envidia la compañía de una mujer y el deseo imperioso de compartir una vida con ella. Recuerdan la vida juntos, las inclemencias de la intemperie, la pobreza y la hermandad. Se entregan a los alcoholes, a los abrazos y al llanto.

Los detalles son resueltos en otra reunión. Se deciden por una emboscada y un par de armas haciendo fuego cruzado en un callejón estrecho. Acuerdan hacerse cargo juntos del tráfico de opio y de quinina, dividir el poder y la riqueza. Fijan hora y lugar, y se despiden.

III. La traición.

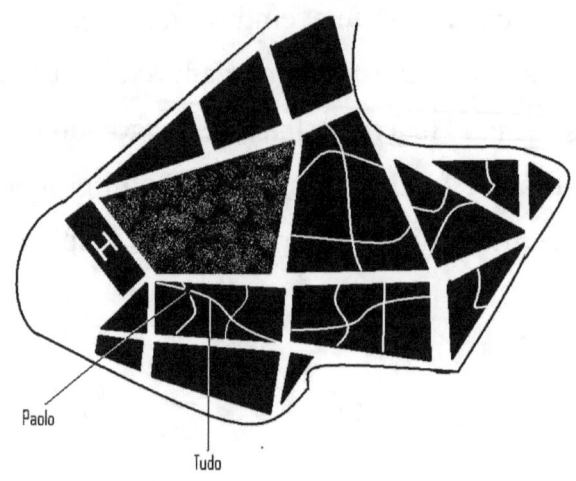

Tudo fuma. El humo entra a sus pulmones. La nicotina se funde con la sangre.

Llueve.

Mira el reloj.

Repasa el plan.

Se agazapa contras la geometría de un edificio, se viste de borrasca y de oscuridad.

Empuña el fierro. Tacta el gatillo con el índice.

Maldice.

Llora.

Levanta los ojos, contempla el callejón, busca con la mirada. La torva dificulta la vista y esconde las formas.

Uno de los deformes ha desaparecido, o eso parece. El cuerpo del otro permanece desmembrado en el piso.

El lodo corre por la calle y le inunda el calzado.

Burim conoció el plan en cada detalle: lugares, fechas, métodos.

Supo que Tudo y Bem se amaban los miércoles. Que decidieron estar juntos y que concluyeron que la única manera de estar juntos era que él muriera.

Burim dispuso todo para su venganza.

Tudo lo sabe. Sabe que va a morir, que lo han traicionado, que han delatado su plan. Por eso empuña el arma, por eso maldice, por eso tacta el gatillo con su dedo índice, por eso mira el reloj, por eso llora.

No puede enfrentar a Burim y a su ejército solo. Tampoco tiene sentido. Sabe que Bem está muerta y que fue aquél que lo traicionó el encargado de liquidarla.

Aprieta el fierro con fervor. Repasa el plan que ejecutará solo, el que no compartió con nadie.

Espera agazapado en el callejón que da a la calle del hotel y al parque de las Arpías.

Un aire frío se levanta y desordena la lluvia.

Tudo ahoga su cigarro con una calada profunda, retiene el humo en sus pulmones y espera que su sangre se inunde de nicotina.

Paolo avanza por el callejón con paso cansino. La cellisca lo oculta a medias. Aún no sabe que han delatado su traición, aún no sabe que Tudo lo espera con el arma empuñada.

Tudo ve a su hermano en la negrura, medio oculto. Empuña el hierro, siente el tacto del gatillo en la yema de su dedo índice.

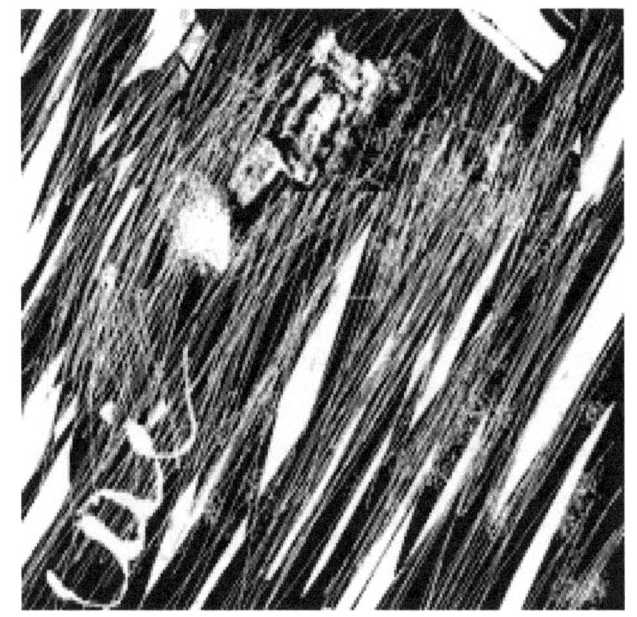

Capítulo ix:
Cartas muchos años después

From: Sinner
Sent: Día septuagésimo sexto
To: Aleck

Mi cuerpo fue totalmente tomado por la deformidad, pocos días después de mi último mensaje. Luego de varias jornadas de calma, que aproveché para volver a la librería de viejo, me sorprendió el dolor. Esta vez más intenso que nunca. Fue necesario aplicarme dosis cada vez más grandes de morfina, y sin embargo el castigo físico no cesaba.

En los momentos de mayor desesperación podía escuchar mis huesos crujir mientras se doblaban.

Llegué a aplicarme dosis superiores a la resistencia del cuerpo humano. Durante los delirios escuché la voz de Dios preguntando: ¿Dónde está tu hermano Abel? Y yo respondía: No lo sé. ¿Acaso es mi obligación cuidar de él? Entonces Dios contestaba: La sangre de tu hermano, que has derramado en la tierra, me pide que haga justicia. Quedarás maldito, expulsado de la tierra que se ha bebido la sangre de tu hermano. Aunque la siembres no volverá a darte frutos. Andarás vagando por el mundo, sin poder descansar jamás.

En ese momento abandonaba tu compañía, hermano, y la de todos allá, y venía a Dite, a vagar, a cumplir mi condena.

Una noche, durante los días de la peor crisis, me desperté vigilado por una sombra. Hermoso: tres cabezas de perro babeando agua-sangre, en el dorso encabritadas testas de víbora y por cola una serpiente.

Te conté, hermano, que de niño soñaba con cerberos. Me pasaba las tardes viendo un libro que le regalaron a mi padre de ilustraciones de *La divina comedia*. Un día arranqué la página que contenía al perro del hades y me la llevé a mi cuarto. Por meses temí que alguien abriera el libro amputado y mi acto vandálico fuera descubierto, sin embargo nunca sucedió. Aprendí que es un guerrero que se opuso al ingreso de Hércules al infierno, así como yo les negué la entrada al cielo a Abel y Laura. Descubrí que cerbero en español significa guardián, lo que es una desafortunada evolución de la lengua. En griego, Κέρβερος, signi-fica devorador de carne y me gusta pensar que se limita a la carne humana. Es símbolo del ansia atropellada de comer, pero cuando Cerbero come y embadurna sus tres hocicos de sangre no lo hace para hartarse la panza, lo hace para llenar su espíritu con la podre-dumbre del alma humana. Cerbero antes fue un hombre.

He retomado mi rutina de visitas a la librería de viejo. Mi cuerpo ha encontrado su nueva forma, no se retuerce más buscando geometrías improbables. Los dolores no me abandonan nunca, son un atributo más de mi vida como deforme. Me queda la afición por la morfina, y una naciente inclinación por la carne cruda. En ocasiones me demoro en la librería contemplando libros con imágenes de cadáveres y se me abre el apetito.

No sé qué responder a tus preguntas, hermano.

No me alegra que aún pregunten por mí, ni que me recuerden, ni que me quieran. Creo que esa persona vive más en la memoria de ellos que en mi interior. En realidad yo poco la recuerdo.

Este es mi lugar, soy un deforme y un traidor. Volver sería habitar un lugar al cual no pertenezco, además todo lo que dices que espera por mí, en realidad espera por otro que ya no existe. La deformidad puede ser una condena, como tú dices, hermano, pero no es cierto que no la merezca.

From: Sinner
Sent: Día nonagésimo primero
To: Aleck

He redescubierto el gusto por la calle. Con Cerbero recorremos la ciudad entera como un par de vagabundos. He desarrollado gusto por la carne cruda y las ilustraciones de cadáveres con tumefacciones. Mi compañero cree que comer carne humana es limpiar el mundo de podredumbre. Creo que tiene razón, creo que esta ciudad habría que limpiarla, con fuego o con sangre.

He encontrado, en la librería de viejo, una edición del libro de ilustraciones de *La divina comedia* que le regalaron a mi padre cuando yo era niño. Repetí el acto de vandalismo y arranqué la página para regalársela a Cerbero. Desde entonces me espera todos los días a la salida de la librería de viejo, y me alimenta con sobras de carne humana que como directamente de su boca.

Et ignoravit quod gigantes ibi sint et in profundis inferni convivae eius[3]. Se lo conté a mi compañero y estuvo de acuerdo, eso somos, hermano, sombras del reino de la muerte.

---

[3] Pero ellos no saben que sus invitados son ahora sombras en el reino de la muerte. Proverbios 9:18.

Capítulo x:
Aeternus Reditus

Paolo sobre el piso cubierto de tierra de siena. Muerto.

El arma empuñada. Caliente.

La bala que le había quitado la vida, destrozado el rostro y atravesado la cabeza hasta alojarse en el cerebro, hace el camino de vuelta, pasa entre la nariz y el labio superior y vuelve, dando un fogonazo, al cañón del revólver.

Paolo abre los ojos.

Resisto el embate del proyectil mientras se aloja en el tambor del arma. Siento la percusión de la empuñadura y el tacto del gatillo contra el índice.

"nódrep yah oN", digo.

P. suplica desde el piso: "rovaf rop serapsid on ,oduT ,serapsid oN".

Lo veo y recuerdo la indigencia y la biblioteca en la que nos refugiábamos del frío, los primeros cigarros, las noches entre cartones en los bajos de subterráneo. Recuerdo un volumen, del que nunca pudimos aprender el griego, en donde vimos escrito ἀποκατάστασις, el término usado por los antiguos para el retorno, para la vuelta al principio. Recuerdo tomos de Pitágoras, Nietzsche y San Agustín. Leíamos, fumábamos, bebíamos juntos cuando aún era mi hermano querido, antes de la traición, antes de que la ciudad se llenara de deformes.

Nietzsche y los pitagóricos creen en el eterno retorno. Lo que es volverá a ser, como una bendición o como una condena.

Dite volverá a ser la ciudad de antes y volverá a ser Dite, el centro del infierno.

Paolo volverá a ser mi hermano amado y volverá a morir bajo mi mano.

Cada deformidad y cada sombra volverá a ser repetida. Cada momento de rencor, cada traición.

Lo construido ya fue destruido. Lo destruido será levantado de las ruinas.

Paolo se dobla sobre la pierna fracturada y se volverá a doblar. Parece que el dolor es insoportable y volverá a serlo. Grita y gritará, suplica y suplicará cuando el tiempo dé la vuelta y todo se repita.

Otro proyectil franquea el fémur astillado, dejándolo entero a su paso y, al parecer, produciendo alivio a un dolor muy fuerte. Por último vuela, atraviesa el cañón y se instala en el tambor del revólver.

"oy iuf on ,oruj ol et ,onamreh ,oy iuf oN".

Dice San Agustín que el mundo no puede repetirse. Que la fe endereza nuestro camino y nos aleja del absurdo ciclo de los impíos. Es cierto que el perdón nos redime de los infiernos circulares, pero no advierte el santo que el alma es siempre capaz de engendrar una nueva miseria.

Mientras miro a mi hermano suplicar, guardo el revólver.

Espero un segundo de arrepentimiento.

No me es concedido.

Saco el arma con decisión: "No fui yo, hermano, te lo juro, no fui yo", lloriquea Paolo desde el piso.

Aprieto el gatillo una vez, apuntando a la pierna derecha, buscando un momento para el perdón que nunca llega.

"No dispares, Tudo, no dispares por favor", fue su última súplica.

"No hay perdón", dije y apunté a la cara.

Paolo sobre el piso cubierto de tierra de siena. Muerto.

El arma empuñada. Caliente.

Capítulo xi:
Notas sobre la destrucción de Dite

The just man kept his course along
the vale of death
Roses are planted where thorns grow
and on the barren heath
(...)
The Jehovah of the Bible being no other than he
who dwells in flaming fire

William Blake

El nombre que puede ser pronunciado.
No es el nombre eterno.

Tao Te King

Palabras como piedras para reconstruir el mundo, piensa mientras dobla una esquina derramando combustible.

Después camina hasta la muralla y se sienta.

Busca fuego para encender un cigarro. Enciende un pedernal que lleva siempre consigo como amuleto contra la miseria. Es un regalo de su amigo, de su hermano, lo único que le queda de los días anteriores a su llegada a Dite.

Cala.

Hace tiempo la deformidad tomó su cuerpo y la noche sus ojos.

Soporta dolores miserables en cada uno de los lugares en donde su cuerpo ha crecido en contra de la morfología humana. Recurre al opio para fatigar el dolor: algunos días la sustancia es efectiva, otros el sufrimiento supera cualquier medicina.

La ceguera, mucho más que la deformidad, se presentó de improviso. Balanceaba su cuerpo contrahecho entre dos estantes de la librería de viejo, entonces sintió que los ojos ardían como colillas de cigarrillos encendidos y que la vista lo abandonaba para siempre.

Desde entonces los dolores fueron más intensos. También desde entonces habita en las calles. Ha llegado a la conclusión de que la única forma de aliviar el dolor de manera definitiva es destruyendo la ciudad, exprimiendo la pústula malsana hasta su corazón para que la sanación sea posible. <<En este mundo todo tiene su hora; hay un momento para todo cuanto ocurre. Un momento para matar y un momento para curar. Un momento para destruir, y un momento para construir>>, dice el libro del Eclesiastés al que fue tan aficionado.

Por un tiempo creyó que existía otra opción, el dulce sueño, pero ha comprobado que la muerte es una puerta que conduce de nuevo a Dite. A través de ella no hay salida.

Ahora es el tiempo de la destrucción, del fuego. Es inútil juntar dos piedras en esta capital maldita.

Sólo sobre las cenizas se puede empezar de nuevo.

Fuma sentado frente a la muralla.

Todas las calles alrededor fueron inundadas por agua de petróleo.

Palabras como piedras para reconstruir el mundo, piensa mientras derrama agua de fuego sobre los libros que nunca leerá en la librería de viejo, el único lugar de la ciudad que le faltaba por inundar.

De palabras está hecha la ciudad de Dios que promete San Agustín, y el Paradiso de Dante, y los pactos del nuevo testamento.

También el Inferno y Dite.

En otros días las palabras fueron su herramienta, la materia prima de su artesanía. Después la sombra le negó la lectura y la escritura se le antojó inútil.

Ahora, cuando llegue el momento, quiere recuperar el poder de la palabra. Construir con el verbo como ya lo hizo el creador: <<Entonces Dios dijo: "Hágase la luz". Y hubo luz>>.

Sabe que antes hay que destruir. Acabar con lo existente para que todo vuelva a ser de nuevo. Quemar la semilla de lo que es para que nada de lo que existe se repita.

Purificar con fuego.

Ha inundado la ciudad entera. Recorrió las calles día tras día inundándola con agua ardiente. Tiene el mapa en su cabeza, como la imagen de un laberinto lleno de engaños.

Primero los callejones que dan a la calle de la muralla, después las cercanías del parque de las Arpías, y los lugares que frecuentó con Abel, mientras era otro. Más tarde cada bodega, cada callejón, cada habitación oscura de la zona del puerto. Bajó al viaducto del tren subterráneo y dejó el líquido correr por cada meandro donde se pueda esconder una rata o un deforme. Recorrió los círculos superiores impregnándolos con agua ardiente, empapó cada habitación abandonada a la malaria y a los recuerdos de la guerra.

Por todas partes encontró basura y restos de cuerpos, deformación y degradación, miseria y hambre, guerra y peste.

Cuando estuvo seguro de haber derramado combustible en cada callejón oscuro en el que se escondía una sombra, dejó la ciudad arder con destructora misericordia. Imaginó las llamas alzándose hasta el punto más alto de la tierra y haciendo de la noche tanta luz como el día.

Recuerda de sus lecturas de San Agustín que desde el momento de la creación sabe Dios qué parte del hombre será honrada y premiada, y qué parte condenada y castigada. Supo desde el principio de los tiempos que el primer hombre caería en pecado y que Caín mataría a Abel.

Ahora camina alejándose de la ciudad en llamas, seguro de haber firmado su redención.

Ha caminado dos días sin descanso, y aún escucha el rugir de las llamas devorando la ciudad. El calor del fuego no lo alcanza. Avanza por un valle yermo, castigado por un viento seco como el filo de un arma y frío como hielo.

Lleva una pequeña provisión de alimentos que raciona, y otra de opio que se propuso usar lo menos posible. En los momentos de dolor se aplica la medicina, en otros momentos la falta de sustancia es el dolor en sí mismo.

En los peores momentos se aferra al pedernal que lleva en el bolsillo derecho.

Cinco días después había recuperado la vista parcialmente y su cuerpo poco a poco recobraba la forma humana. Aún cree adivinar el crepitar de la ciudad en llamas.

El viento ha cedido y una vegetación incipiente cubre el valle.

Se repite: Palabras como piedras para reconstruir el mundo.

Al décimo día de camino decide descansar a orillas de un río de aguas de espejo en las cuales ve su deformidad casi desaparecida. Durante la noche anterior, por primera vez, no adivinó el crujir de la ciudad maldita ardiendo en llamas.

Cree ser el primer hombre que huye de la ciudad de Dite, pero no el primero que lo intenta; tampoco el primero que trata de destruirla.

<<En este mundo todo tiene su hora; hay un momento para todo cuanto ocurre>>. El tiempo de la destrucción ha terminado, ahora es el tiempo de la creación, de la esperanza.

Palabras como piedras para reconstruir el mundo, repite. <<En el principio ya existía la Palabra y aquel que era la Palabra estaba con Dios y era Dios>>.

En su palabra habita Dios, en sus labios, en su lengua.

Ha llegado el momento de reconquistar la palabra. De someterla.

No hay ninguna razón para que al árbol no lo llame hombre, o al dolor alegría. Piensa por un momento que si al árbol lo llama hombre arrancaría sus raíces de la tierra y caminaría el mundo entero buscando algo que no puede ser encontrado.

Al Aqueronte lo llama río.

Al árbol, finalmente, árbol.

Al lagarto, laurel.

Al opuesto a la sombra, luz.

A las cicatrices sobre el suelo que marcan el camino de regreso a Dite las llama huellas.

A las estrellas que se le van entre las manos arena.

A las partículas de agua gotas.

A la criatura salida de sus costillas mujer.

A su hermano Abel.

A la criatura que se arrastra Dios.

Dice besos y aparecen espinas.

Dice sexo y se escuchó decir muerte.

Cuando quiere decir deseo dice mentira.

Cuando dice amor le salieron dientes.

Cuando dice hogar divisa a Dite, intacta entre las llamas frías del infierno. Entonces sus ojos arden como colillas de cigarrillos encendidos y su cuerpo se retuerce tomado por la deformidad y el dolor.

Capítulo xii:
Cartas muchos años después

Si alguien pregunta de nuevo, dile que no sé qué vine a buscar pero de cualquier forma no lo he encontrado. Aclárale que no vivo desesperado como en los días después de la guerra, leyendo un diario que escribí siendo otro y las palabras de San Agustín en las que ahora encuentro consuelo. Ahora, cuando me despierto en las noches, en una cama vacía o sobre el cemento de la calle, no me ataca la angustia de muerte de antes: el infierno es una indiferencia seca en la que no se me da ni el amor ni el odio.

A ellas diles que no las recuerdo y que de ninguna manera gastaría mi memoria en recordarlas. Que no las he dejado de querer, simplemente nunca las quise. Que si no las lastimé, lo siento, y que procuraré hacerlo en cuanto tenga la oportunidad. Diles que tengo el corazón seco como una piedra y es eso lo único que puedo agradecerles.

¿Quiénes creen que tenía algo importante que decir? Diles que no es cierto, y que si lo fuera, no lo diría, lo guardaría dentro para llenar este vacío. A los que preguntan si escribo, diles que sí, pero que lo hago sin fe, como un títere, como un autómata. Diles que en las noches de vino me río de mis viejas pretensiones de escritor y sólo me consuela el sexo desprovisto de cualquier sentimiento. Diles que gracias a eso escribo mejor, porque lo hago con la frialdad de un matemático y con la conciencia de que nunca seré bueno. Antes sentía vergüenza por ganarme la vida así pero ya no me importa. A los que te preguntaron por los proyectos de los que alguna vez les hablé diles que pertenecen a otro hombre del que tengo muy pocos recuerdos.

No sufro. Los dolores son cada vez menores o me importan menos. En las tardes de lluvia veo caer las gotas con la misma indiferencia con la que veo a una señora gorda pasear con su perro. Comparto mi vida con Cerbero quien me recuerda que aún soy humano y con gente que no odio en demasía. La primera ocasión en que odié de verdad desvié la mira de mi arma. La segunda ocasión en que odié de verdad di un paso atrás por el vértigo que me produjo sentir que estaba vivo. No extraño nada ni a nadie por fuera de esta ciudad oscura, excepto tu amistad, hermano.

Diles que no soy feliz, si crees que a alguien lo haría feliz escucharlo. A Laura, dile que fue mi única esperanza y mi única razón, pero que ahora no buscaría recuperarla, como tampoco la vida de Abel. Si pudiera recuperar algo sería la fe en Dios. Dile, si la ves, que por fin comprendí que la desolación no es un castigo si no un premio y que cuando la recuerdo no viene a mí la imagen del amor, sino la de la piadosa lujuria. Que a pesar de haber sido lo más importante en mi vida nunca fuimos felices. Tiene razón en que es la única ocasión en que llegamos a tener la felicidad al alcance de las manos, sin embargo aclárale que hizo bien en dejarme y huir de esta ciudad maldita. Si te pregunta de nuevo, pero sólo si pregunta de nuevo, no le mientas, confiésale que sí maté a Abel, que me arrepiento de lo que hice pero no puedo decir que no lo volvería hacer. Por último dile que no me voy, que este es mi lugar, la ciudad de Dite, la ciudad de los traidores. No es cierto que ella sea la culpable de mi derrumbe, la ruina la llevo por dentro. Después nunca vuelvas a hablarle de mí.

A los viejos amigos diles que los quiero y los extraño, aunque no sea cierto. Explícales que no puedo volver porque encontré un lugar en el mundo y que si vuelvo no me reconocerían. Que vivo con el viento en las velas y que la felicidad no me da tregua. Dales un abrazo a todos y cuéntales, y esto sí es cierto, que cuando me voy a la cama golpeado por el alcohol sólo pienso en las noches en que recorríamos cantando los callejones atestados de bares. Cuando estén llorando porque la embriaguez no les dé para más, diles que con ellos, y sólo con ellos, he sido feliz.

A ti, mi hermano, te digo que lo he perdido todo y eso me da la tranquilidad de saber que no tengo nada que perder. No soy feliz pero para nada soy desdichado. Estos años no habrían sido distintos si no los hubiera pasado en esta ciudad de deformes. Te digo, mi hermano, que vivo como una flor entre dos piedras del desierto.

From: Sinner
Sent: Día centésimo décimo noveno
To: Aleck

_____

hE perdidop lsa vista,.

índice

La primera edición de *El libro de los infiernos*
de Joseph Avski se terminó de
imprimir en noviembre
de 2012
en
Estados Unidos de América.
La
edición
estuvo a cargo de Albán
Aira y Francisco Laguna Correa.
En la composición se emplearon tipos
de la familia Calisto, Garamond y Times New Roman.

www.editorial-paroxismo.com